GHASSAN KANAFANI

Tabla

GHASSAN KANAFANI

UMM SAAD

TRADUÇÃO · MICHEL SLEIMAN

11
INTRODUÇÃO

13
UMM SAAD E A GUERRA QUE TERMINOU

23
ACAMPAMENTO NÃO É TUDO IGUAL!

29
A CHUVA, O HOMEM, A LAMA

35
DENTRO DA ARMADURA

43
QUEM FUGIU E QUEM COMPARECEU

49
A CARTA QUE CHEGOU TRINTA E DOIS ANOS DEPOIS

59
O VIGIA E SÓ DOIS CONTOS

65
UMM SAAD GANHA UM VÉU NOVO

69
OS FUZIS NO ACAMPAMENTO

Para Umm Saad, povo escola

INTRODUÇÃO

Umm Saad é uma mulher real. Eu a conheço bem, temos um certo parentesco. Ainda a vejo, conversamos e aprendo com ela. Contudo, não é exatamente isso que faz dela uma escola diária, pois o parentesco que nos une é algo fraco se comparado com os laços que a conectam à classe de gente valente, esmagada, pobre e jogada nos acampamentos de miséria nos quais vivi — com ela e por ela, não sei o tanto.

"Aprendemos com as massas e as ensinamos." No entanto, parece-me certo dizer que ainda não saímos das escolas das massas. O verdadeiro mestre, o perene, é aquele que, na pureza de sua visão, faz da revolução uma parte inseparável do pão e da água, das selas de labuta e das batidas do coração.

Umm Saad me ensinou muito. Eu diria até que cada letra das linhas seguintes foi tirada de seus lábios, permanentemente palestinos, apesar de tudo, e de suas duras mãos que continuam, também apesar de tudo, e por vinte anos, à espera das armas.

No entanto, Umm Saad não é só uma mulher, e, se ela não permanecesse como um corpo, uma mente e uma labuta no coração das massas e no cerne de suas preocupações, como uma parte inextricável de seu dia a dia, não teria sido capaz de ser o que é. Por isso, ela sempre teve, para mim, a voz daquela classe palestina que pagou caro o preço da derrota.

Classe que agora se encontra sob o teto baixo da miséria e na linha de frente da batalha; que pagou, e continua pagando, mais do que todos.

UMM SAAD E A GUERRA QUE TERMINOU

Era uma manhã miserável. O sol ardia por trás da janela como um círculo pegando fogo sob a cúpula do espaço assustado. E nós encolhidos, como bandeiras dobradas. De repente a vi avançando, lá do começo da rua ladeada por oliveiras. Em meio àquela mistura de espaço, silêncio e tristeza, ela surgia como algo que brotava do útero da terra. Fiquei parado diante da janela, observando-a andar com seu porte alto: parecia uma lança transportada por um poder oculto.

Minha mulher parou a meu lado, também olhando para a rua, e disse:

— É a Umm Saad; ela veio.

Ela veio, como as batidas de um relógio. Essa mulher... sempre vem. Emerge do coração da terra, como se escalasse degraus intermináveis. Enquanto examinávamos seus passos, minha mulher divagou:

— Como será que a Umm Saad se sente agora?

Não sei, pensei comigo mesmo. Eu a estava esperando para ter alguma notícia.

Atrás de nós, amontoavam-se os capacetes destruídos dos soldados que abandonaram a areia, enquanto novas distâncias eram cavadas pelas longas filas de nossos emigrados. Eu escutava os sons da guerra que iam calando os combatentes.

Vinham do rádio na mesa atrás de mim. Sons derrotados, como lamentos de viúvas, recobrindo com insipidez todas as coisas da sala: a escrivaninha, a cadeira, minha mulher, as crianças, o prato de comida, os sonhos de futuro... removiam a tinta do ambiente. Minha mulher disse:

— A Umm Saad sumiu desde que a guerra começou. E aí está ela, movida pelo ritmo da derrota... Lutaram por ela e, quando perderam, ela perdeu duas vezes. O que será que vai dizer agora? E por que ela vem assim, como se quisesse cuspir na nossa cara? O que será que ela achou do acampamento hoje, quando saiu de lá pela manhã?

As perguntas ficaram no ar, como poeira suspensa. Quase podia vê-las, polidas, afiadas, pontudas como lâminas, flutuando naquele feixe prateado que os raios de sol derramavam no meio da sala, enquanto Umm Saad subia a rua, vindo em nossa direção, carregando a pequena trouxa que sempre traz consigo. Andava altiva, como se fosse uma bandeira hasteada por braços invisíveis.

Umm Saad entrou, e no ambiente se espalhou o cheiro do campo. Ela me parecia a mesma de dez dias atrás. Dez dias apenas, e como as coisas mudam, meu Deus! Como os palácios desmoronam em dez dias! Depositou a trouxa miserável em um canto e a abriu. De dentro, puxou um galho, que parecia estar seco, e o jogou em minha direção.

— Cortei de uma parreira que topei no caminho. Vou plantar o galho aqui, na frente da porta, e em poucos anos você já vai comer uva.

Revirei o galho com os dedos: madeira amarronzada e escura, parecia sem serventia. Perguntei:
— É época disso, Umm Saad?

Ela voltou a amarrar o xale branco em torno da cabeça, como sempre faz quando está ocupada pensando em outra coisa, e respondeu:
— Você não entende nada de parreiras: se tem uma coisa que parreira dispensa é muita água. Muita água estraga... Você pergunta: Como? E eu respondo: A água que ela precisa ela retira da umidade da terra e da umidade do ar. Depois dá uva sem parar.

Eu disse:
— É um pau seco.
— Parece, mas é parreira.
— Não importa...

Ela disse, surpresa:
— Acabou, é?
— É.
— É você que diz.

Virou as costas e foi até a sacada. Fui atrás dela, o passo lento, e lhe perguntei:
— Como estava o acampamento hoje?

Ela se virou e me olhou, e toda a história me apareceu impressa em sua fronte da cor da terra. Em seguida, espalmou as mãos diante de mim.

— A guerra no rádio começou e no rádio acabou, e quando acabou eu me levantei pra quebrar o rádio, mas o Abu Saad tirou ele das minhas mãos. Ai, primo, ai!

Ela se apoiou no guarda-corpo da sacada e se pôs a olhar as plantações de oliveiras fincadas na colina. Em seguida, fez o gesto de passar a mão por cima delas e disse:

— Também não precisa dar água pra oliveira. Ela suga o que precisa do ventre profundo da terra e da umidade do chão.

Depois, olhou-me e prosseguiu:

— O Saad foi, mas pegaram ele. Dois dias atrás, eu pensava que ele tava lutando, mas hoje de manhã eu soube que ele tá preso, que pena. Eu tava pensando, se ele morre... — e de repente se calou.

— Como você soube que ele foi preso?

— Segunda de manhã, a gente tava ouvindo o rádio, aí ele arrumou as coisas dele, reuniu os companheiros e saíram do acampamento feito uns diabos. E eu te digo: saí atrás dele, peguei um atalho e encontrei ele na saída e fiz ele ouvir meu grito de alegria! Ele riu, riu bastante, até desaparecer da minha vista... Mas que aflição, não chegou, prenderam ele.

— E agora?

— O prefeito foi lá ver. Passou em casa de manhã e me disse: Não precisa ter medo, Umm Saad, vou voltar com ele. Tonto, ele acha que é isso que eu quero... tonto, ele acha que é isso que o Saad quer. Sabe de uma coisa? O prefeito vai voltar esta noite e vai me dizer: Seu filho é o diabo, tirei ele da cadeia, mas ele fugiu de mim pra ir pros lados da montanha atravessar a fronteira...

— Atravessar a fronteira pra onde?

Umm Saad parecia apontar para algum lugar com seu braço. Depois o recolheu, de modo automático, e passou a dar voltas em torno de si mesma, apontando para todas as coisas. Comecei a avaliar as coisas que ela me indicava com aquele braço moreno: a escrivaninha, a cadeira, as crianças, minha mulher, o prato de comida, eu enfim.

Em um primeiro momento, não acreditei. Parecia que os movimentos do braço sinalizavam alguma coisa mais complexa do que sua mente simples era capaz de alcançar. Então perguntei de novo:

— Atravessar a fronteira pra onde?

E no canto de seus lábios observei um sorriso que eu ainda não tinha visto em seu rosto, mas que desde então passei a ver sempre. A partir daquele instante, aquele sorriso me parecia uma lança apontada. E, sem mexer o braço, ela disse:

— Como se você não soubesse! Como se não soubesse! Sei... Atravessar a fronteira pra onde? Assim você pergunta, é isso que eles também perguntam... Por que você não tomou seu café da manhã?

A pergunta me pegou de surpresa. Virei-me para onde a comida estava, havia duas horas, à espera de um apetite voraz que, no entanto, parecia uma porta fechada para sempre e corroída pela ferrugem da derrota amarga, com gosto de humilhação... Umm Saad voltou a bater àquela porta uma segunda vez:

— Por que você não tomou seu café da manhã? Eu também não tomei o meu, tava esperando alguma coisa abrir meu apetite, não só pra comer, mas também pra viver... Você acredita? Só uma coisa faria isso: o Saad.

Calou-se por um tempo e, depois, como a sussurrar para si mesma, disse:

— Sabe... se o Saad voltar esta noite, se ele voltar pra casa, eu não vou conseguir comer... Você entende agora por que ele precisa atravessar a fronteira?

Seu braço voltou a apontar para aquela fronteira e a dar voltas por cima da escrivaninha, da cadeira, das crianças, de minha mulher, do prato de comida, de mim. Depois, permaneceu esticado e apontado para mim, como se fosse uma ponte ou uma barreira. Ela me perguntou:

— E você? O que vai fazer, primo? Vinte anos se passaram. Ontem de noite eu lembrei de você enquanto diziam que a guerra tinha acabado e disse pra mim mesma: Preciso visitar o primo. O Saad, se estivesse aqui, ia me dizer: Agora é a vez dele de visitar a gente aqui... Será que você vai fazer isso?

Ela não esperou minha resposta. Foi para a sala, pegou o galho de parreira que estava em cima da mesa e começou a olhá-lo como se o visse, naquele instante, pela primeira vez.

Andou devagar até a porta da frente e disse:

— Vou plantar, você vai ver como vai dar uva. Eu já te disse que a parreira não precisa de água, que ela espreme os grânulos no fundo da terra pra beber?

Enquanto caminhava pelo corredor, ela parecia uma coisa soberba, alta, como sempre me pareceu. Não sei por que comecei a pensar no prefeito que tentava tirar o filho dela da prisão e então lhe perguntei:

— E o prefeito? Ele falou como vai livrar o Saad da prisão?

Do fim do corredor, ela se virou para mim e, parada assim na frente da porta aberta, parecia um titã que entrava com a luz do sol. Eu não via seu rosto com nitidez, mas a ouvi dizer:

— Você ainda tá pensando no prefeito?

— Não falei?!

Foi a primeira coisa que ela disse na manhã seguinte. Havia chegado cedo, como de costume, e eu tinha dormido tarde. Mas Umm Saad não esperou, surpreendeu-me ainda na cama:

— Eu não te disse pra não pensar no prefeito? Sabe o que aconteceu? Ele quis pegar de cada um deles uma assinatura num papel, de que se comprometiam a ser ordeiros. Mas eles se recusaram e mandaram ele embora.

— Eles quem?

— O Saad e os companheiros. O prefeito me disse que riram na cara dele e que o Saad perguntou pra ele: Ah, é? E o que significa ser ordeiro? O prefeito me disse que estavam espremidos numa cela, que começaram a rir dele, e que um deles, que o prefeito não conhece, provocou: Ser ordeiro significa ser bem-comportado? E um outro perguntou: Significa levar uma bofetada e dizer muito obrigado? E que o Saad disse: Ser ordeiro, querido, pra nós significa lutar: assim, ó, tá vendo? Assim...

Umm Saad cintilava com uma felicidade enigmática. Sentou-se na cadeira e continuou:

— Deus proteja todos eles! O prefeito me contava a história e eu ria por dentro. No fim, eu disse pra ele: Ainda bem que não te bateram, dê graças a Deus por ter saído ileso! Ele ficou zangado.

— Eles se recusaram a assinar o papel?

— Claro que recusaram. Disseram pro prefeito: Já era. Ele ficou bravo, ainda mais quando perguntou pra eles se queriam alguma coisa do acampamento. O Saad respondeu: Dá um oi lá pras famílias, meu filho. Ficou bravo porque ele é bem mais velho do que o Saad, que tem a idade do filho dele. Disse que o Saad faltou com o respeito quando falou "meu filho", como se o prefeito fosse uma criança...

— E você, o que disse a ele?

— Disse que o Saad tem o coração puro e que, quando falou "meu filho", não quis ofender; o que ele queria era dizer que essa era a vez dele...

— Ô, Umm Saad! Você quis enfeitar o olho, mas acabou borrando.

— Eu? Falei aquilo de propósito!

— E agora, o que o Saad vai fazer? Não seria melhor que ele saísse da prisão?

Ela parou, me olhou, dando aquele sorriso com o canto dos lábios, e disse:

— Bom! Você não tá preso, e o que faz?

Os jornais estavam no chão; o rádio, ligado desde a noite anterior, começou a transmitir o noticiário. Umm Saad olhava ora para mim, ora para o rádio. Seu olhar, nesse trajeto, parecia estender entre nós barras de ferro que minhas mãos não podiam remover. Então ela falou:

— Você acha que não vivemos na prisão? E o que a gente faz ali no acampamento a não ser andar dentro daquela prisão estranha? Existem muitas formas de prisão, primo! Muitas! O acampamento é uma prisão, sua casa é uma prisão, o jornal é uma prisão, o rádio é uma prisão, o ônibus, as ruas, os olhos das pessoas... Nossa vida é uma prisão, os últimos vinte anos são uma prisão, o prefeito é uma prisão... Você fala de prisões? Toda a sua vida você está preso... Você se ilude, primo, com as barras dessa prisão em que vive, pensando que são vasos de flor. Prisão, prisão, prisão. Você mesmo é uma prisão... Por que vocês acham que é o Saad que tá preso? Preso porque não assinou um papel que diz que ele deve ser ordeiro? Quem de vocês é ordeiro? Vocês todos assinaram esse papel, de um jeito ou de outro assinaram, mas estão presos...

Levantei-me, ela tremia. Sem dúvida, essa era a primeira vez que eu a via tomada por uma raiva como aquela. Eu lhe disse:

— Acalme-se, Umm Saad. Não tive nenhuma intenção...

E ela, com calma:

— Cada um diz, agora, "não tive nenhuma intenção...". Então por que acontece tudo o que acontece? Por quê? Por que não deixam o caminho livre pra quem tem intenção? Por que você não tem nenhuma intenção?

Aproximou-se de mim.

— Escute... Eu sei que o Saad vai sair da prisão. A prisão toda! Entende?

ACAMPAMENTO NÃO É TUDO IGUAL!

Umm Saad, a mulher que por incontáveis anos viveu com minha família na aldeia Ghabisiya e que depois viveu nos acampamentos do desgarro, por anos que ninguém seria capaz de suportar, continua vindo até nossa casa todas as terças-feiras. Olha para as coisas e as sente, em seu íntimo, como parte dela, e olha para mim como olha para o filho, e me faz ouvir a história de seu infortúnio, a história de sua alegria e a história de seu cansaço. Mas nunca se queixa.

É uma mulher de quarenta anos, acho. Forte, como não seria uma rocha. Paciente, como não aguentaria a paciência. Passa os dias da semana para cima e para baixo. Dez vezes leva a vida no cansaço, trabalhando para conseguir o pão, limpo, para ela e os filhos.

Conheço-a há anos. Em minha história de vida, ela representa algo imprescindível. Quando bate à minha porta e põe suas coisas miseráveis na entrada da casa, minha cabeça fica tomada pelo odor dos acampamentos, com seus infortúnios, sua firmeza sólida, sua pobreza e sua esperança. E volta à minha boca o gosto travoso que ela masca vertiginosamente, ano após ano.

Na última terça-feira, chegou como de costume. Pôs suas coisas miseráveis no canto e se virou para mim dizendo:

— Primo, tenho uma coisa pra contar: o Saad foi embora.
— Pra onde?
— Foi atrás deles.
— Eles quem?
— Os *fedayin*.

Cavou-se um silêncio entre nós. De repente, eu a vi sentada ali, idosa e forte, a vida dilacerada por garras miseráveis. As palmas das mãos uma na outra sobre o colo. Palmas secas como dois pedaços de pau, rachadas como um tronco velho, e, entre os sulcos abertos por incontáveis anos de trabalho árduo, vi a dura história dela com o filho Saad. Desde criança até ele se tornar um homem, foi cuidado por aquelas mãos duras, como a terra que cuida do talo da erva tenra, mãos abertas agora, de súbito, para delas sair voando um pássaro, guardado ali por vinte anos.

— Ele se juntou aos *fedayin*.

Eu ainda olhava para aquelas mãos, escondidas como duas coisas afligidas pela decepção, gritando dentro das profundezas, perseguindo as imigrações até o perigo do incógnito... Por quê, meu Deus, está reservado para as mães perderem seus filhos? Pela primeira vez, eu via aquela coisa que parte o coração ao meio, atingido por uma palavra minha, como se estivéssemos num teatro grego, dando vida a uma dessas cenas de tristeza que não têm cura.

Disse a ela, na tentativa de distraí-la e de me distrair:

— O que ele lhe disse?

— Nada. Só foi embora. Um amigo dele me contou hoje de manhã que ele foi atrás deles.

— Mas ele não tinha dito antes que iria embora?

— Sim. Disse duas ou três vezes que pensava em se juntar com eles.

— E você não acreditou?

— Acreditei, sim. Conheço o Saad, sabia que ele ia embora.

— Mas então por que você está surpresa?

— Eu? Não tô surpresa. Só tô contando. Pensei comigo: Vai ver ele quer notícias do Saad.

— E você não está triste ou brava?

Umm Saad mexeu as mãos cruzadas sobre o colo. Pareciam bonitas, fortes, prontas para fazer alguma coisa. Tive dúvidas se de fato lamentavam. Ela respondeu:

— Não. Eu disse pra minha vizinha esta manhã: Ia adorar ter vinte anos como ele. Tô cansada, primo. Cansada de viver naquele acampamento. Toda noite eu digo: Deus! e toda manhã eu digo: Deus!, e lá se foram vinte anos. Se o Saad não fosse embora, quem iria?

Ela se levantou, e então um clima de simplicidade tomou conta do ar. As coisas pareciam mais harmoniosas. Revi nela as casas de Ghabisiya. Segui-a até a cozinha e ali, rindo enquanto me olhava, contou:

— Eu disse pra mulher sentada do meu lado no ônibus que meu filho virou um combatente — naquele momento sua voz me pareceu, sem dúvida, diferente, e por isso eu me lembro agora. — Eu disse pra ela que amava ele, que ia sentir saudade, mas ele puxou foi pra mãe... Você acha que vão dar metralhadora pra ele?

— Sempre dão metralhadoras pros seus homens.

— E comida?

— Comida, o suficiente. Também dão cigarros.

— O Saad não fuma, mas com certeza vai aprender isso lá. Luz dos meus olhos, ele! Eu ia adorar estar perto, todos os dias ia levar comida pra ele, feita pelas minhas mãos.

— Ele come como o resto dos companheiros.

— Deus proteja todos eles!

Calou-se por um instante e depois se virou, encarando-me.

— Você acha que ele ia ficar feliz se eu fosse lá visitar? Será que consigo guardar dinheiro pra passagem e ficar dois dias?

Lembrou-se de alguma coisa e continuou:

— Você sabe, criança atrapalha. Se eu não tivesse os dois pequenos, ia me juntar a ele. Morava lá com ele. Acampamento não é tudo igual! Morava lá com eles, preparava a comida pra eles, ia servir com todo o gosto. Mas tem as crianças.

Eu lhe disse:

— Não precisa visitar. Deixe que ele se vire sozinho. Um homem, quando se junta aos *fedayin*, não precisa mais da proteção da mãe.

Ela enxugou as mãos com o avental, e no fundo de seus olhos vi algo parecido com decepção: aquele instante de pavor em que uma mãe sente que já não é imprescindível, que foi deixada de lado como uma coisa que perdeu a serventia.

Aproximou-se de mim e sondou:

— Você acha isso mesmo? Você acha que não adianta eu ir até o chefe e fazer uma recomendação?

Ficou um pouco confusa, sentindo algo que consumia suas forças por dentro. Aí continuou:

— Ou... será que você poderia fazer essa recomendação? Diz pra ele: Cuida do Saad, pelo amor dos teus filhos.

Eu lhe disse:

— Como? Ninguém pode fazer recomendações a favor de um *fedayin*.

— Por quê?

— Porque você quer que o chefe dê um jeito de resguardar seu filho dos perigos, mas o próprio Saad e os companheiros dele acham que a melhor recomendação é que eles sejam enviados imediatamente pra guerra.

Outra vez ela se sentou ali. Parecia mais forte do que nunca. Observei em seus olhos e mãos a perturbação da mãe dilacerando seu íntimo. Finalmente ela falou, decidida:

— Vou te dizer uma coisa, que é pra tua recomendação pro chefe não desagradar o Saad. Diz pra ele: Umm Saad te implora, pelo amor da tua mãe, deixa o Saad fazer o que ele quer. Ele é um moço bom e, quando quer uma coisa que não acontece, fica muito triste. Diz pro chefe deixar o Saad fazer o que ele quer, pelo amor de Deus! Quer ir pra guerra? Por que não manda?

A CHUVA, O HOMEM, A LAMA

Chovia na manhã de terça-feira. Umm Saad entrou encharcada. O cabelo molhado pingava em seu rosto, que parecia terra irrigada. Segurou o casaco enquanto punha o guarda-chuva sombrio no canto, como alguém que deposita uma espada cansada de guerra, e disse:

— Isso não é chuva, primo. Tá caindo o mundo.

Eu ri, mas, enquanto ela se virava, vi um fio de lama vermelha por toda a barra de sua roupa e lhe perguntei:

— O que foi, Umm Saad? Caiu?

Rapidamente, ela se voltou para mim.

— Se caí? Umm Saad não cai. Por quê?

— Tem um pouco de lama na sua saia.

Ela esfregou a lama com os dedos ásperos e parou assim que percebeu que ainda estava mole.

— O acampamento inundou essa noite... Deus nos livre dessa vida.

A montanha à minha frente tremeu. Lágrimas profundas forçavam brechas de baixo para cima. Já vi muita gente chorar. Vi lágrimas correrem soltas dos olhos, lágrimas de desapontamento, desespero, derrota, tristeza, tragédia, abalo. Vi lágrimas de emoção e súplica, de recusa impotente, de raiva de asas tolhidas. Lágrimas de arrependimento e cansaço, de saudade, fome, amor. Mas nunca, nunca vi lágrimas como as de Umm Saad.

Vieram como terra que se deixa romper por uma fonte desde o início dos tempos aguardada, como espada que abandona a bainha silenciosa, e pararam ali, durante um instante de lampejo de seu olho duro. A vida toda não vi alguém chorar como Umm Saad. Seu choro brotava de todos os poros da pele. Dava para ouvir o soluço das mãos secas. O cabelo pingava lágrimas. Também os lábios, o pescoço, o vestido gasto, a testa alta, aquela pinta suspensa no queixo como um estandarte. Mas não, não seus olhos.

— Ô... Umm Saad... você está chorando...

— Eu não choro, primo. Se eu pudesse, até que gostaria. Já choramos muito. Muito, muito. Você sabe. Choramos mais do que as águas que inundaram o acampamento ontem à noite, e choramos naquela manhã quando o Saad foi embora. Agora ele carrega um fuzil Martini e a chuva cai em cima dele... e também o chumbo. Agora ninguém chora, primo. Mas eu tô velha. Fico cansada. Passei a noite toda mergulhada em lama e água, vinte anos...

O soluço chegou e barrou a palavra em sua boca. Ela espalmou as mãos diante de mim, engolindo o soluço. Quase podia ouvi-lo cair no peito cheio de destroços de sofrimento e tristeza...

— O que é que eu posso dizer, primo? De noite, senti que tava próxima do fim... Mas do que adianta? Quero viver até ver o fim. Não quero morrer aqui, na lama e na sujeira das cozinhas... Você entende isso, primo? Você sabe como escrever as coisas, eu nunca fui pra escola. Mas a gente sente igual. Meu Deus! O que é que eu posso dizer? Ontem de noite, pensei direitinho nisso, encontrei as palavras certas, mas agora de manhã esqueci... Tá bom! Você escreve o que pensa, eu não sei escrever. Mas eu mandei meu filho pra lá... e com isso eu disse a mesma coisa que você diz. Não é igual?

Senti aquela ponta aguda de flecha que salta de repente do colo da palavra simples, lançada em nosso peito com a rapidez de uma bala e a pontaria certeira da verdade. Por um momento, vi que o fio de lama escura grudada na ponta de seu vestido parecia uma coroa de espinhos.

— Venha cá, Umm Saad, sente-se aqui. Você só está cansada, e provavelmente a saudade do Saad e a preocupação com ele estão lhe pesando na cabeça. E é esse tempo também. Você se sente aflita, sabe que a chuva vai durar o dia inteiro e você vai ter que limpar a lama noite adentro. Venha, sente-se aqui, não deixe que isso tudo a derrube.

Ela se sentou e suspirou profundamente, como faz a pessoa quando quer jogar um ar puro sobre as nuvens densas no peito.

— Não, primo. Sabe o que o Saad fazia quando o acampamento inundava? Ficava parado ali, olhando os homens varrerem a lama, e depois falava com eles: Uma noite dessas, a lama vai enterrar vocês. Uma vez, o pai dele perguntou: E por que você diz isso? O que você quer que a gente faça? Acha que o céu tem uma goteira e que devemos ir lá e tampar o buraco? Todos rimos, mas, quando olhei, vi uma coisa na cara dele que me assustou. Tava mergulhado num pensamento, como se uma ideia tivesse iluminado a mente dele, como se no dia seguinte ele fosse lá pra parar aquela goteira.

— E ele foi?

— Ele foi.

Olhou para mim diretamente... operava-se nela uma espécie de retrocesso inacreditável. Ela estancou a inundação de lágrimas em que nadava e brilhou... como uma coisa que se ilumina por dentro.

— Sabe, primo, não tô preocupada com ele. Não. Não é verdade. Preocupada e despreocupada. Você talvez tenha... você, que frequentou escola, talvez tenha um nome pra essa situação... Porque ontem mesmo um companheiro dele veio e me disse que o Saad tava bem.

— Foi à sua casa?

— Não vi a cara dele. Era noite fechada. Tava todo mundo lidando com a lama e com a água quando ele veio e parou do meu lado. Era gigante, Deus o guarde, e me disse: O Saad manda um abraço, ele tá bem, amanhã vai te dar um carro. Aí se foi.

— Te dar um carro?

— Sim! Você não sabe? Quer dizer que ele vai explodir um carro.

— E fez?

— Se fez?! O Saad nunca diz uma coisa e depois não faz. Conheço bem ele.

Lá fora, o sol abriu caminho no meio das nuvens escuras, como o arado abre brechas no solo, e lançou um feixe de calor na sala. Foi coincidência o sol cair sobre seu rosto enquanto ela estava sentada ali? Sorriu. Parecia forte e jovem, como sempre me parecia.

Esperei até a noite para ouvir a notícia da baixa de um carro israelense emboscado por combatentes. E esperei ansioso até ouvir o fim maravilhoso da notícia: *E os* fedayin *voltaram para suas bases sãos e salvos.*

Não sei por quê, mas no mesmo instante fui até o acampamento. No meio do lamaçal, encontrei Umm Saad parada como um farol num mar escuro sem fim. Avistou-me chegando e acenou com as mãos. Sua voz era mais alta do que a do trovão retumbante no céu. O eco desabou por todos os lados, como uma cascata:

— Viu? Eu não te disse que o Saad ia dar um carro pra mãe?

A chuva caía forte. As gotas barulhentas, naquele instante, não eram outra coisa senão águas esvoaçantes diante de um barco que abria firme seu caminho, como o destino...

DENTRO DA ARMADURA

O riso tomava conta de seu rosto como eu nunca tinha visto antes. Umm Saad deixou suas coisas miseráveis em um canto e disse:

— O Saad veio.

Ela deu voltas na sala enquanto lá fora a algazarra recebia a chegada do ano. Sentou-se e, como era de seu costume, repousou as mãos, uma na outra, sobre o colo, formando aquela imagem singular que lembra o abraço íntimo e, nisso, cheguei a ver os olhos de Saad brilhando atrás da metralhadora de cano curto que trazia consigo... Vinha todo sujo de terra depois das longas noites de ausência... Perguntei:

— Ele ficou fora um ano?

— Nada. Nove meses e duas semanas. Veio ontem.

— Vai ficar?

— Não. Costuraram o braço dele, uma bala...

Arregaçou a manga para me mostrar como a bala cortou a carne do antebraço, do punho ao cotovelo. E em seu braço forte e moreno da cor da terra, vi como as mães podem enobrecer os combatentes e, por um momento, pareceu-me ter visto no braço de Umm Saad a marca de um corte antigo, já cicatrizado, mas escondido, que ia do punho ao cotovelo. Eu disse:

— Você também.

— Eu? Ah, esse é um corte antigo, dos tempos da Palestina... Um chacal me roubou uma galinha, puxei ele debaixo do arame farpado e desnuquei. O arame então me cortou.

— E o Saad?

— Diz que vai voltar assim que a ferida cicatrizar.

Notei, comigo mesmo, como ela disse "vai voltar" e não "vai embora", mas não pensei muito na hora. Umm Saad me ensinara, ao longo dos anos, como um exilado cava suas expressões e as insere em sua vida, assim como a lâmina do arado desce na terra. Ela continuou:

— Benza Deus. Carrega o braço como se carregasse uma medalha. Disse que virou líder dos companheiros, e que eles sempre perguntam: Por quê, Saad, você dá passos tão largos? Ele vai na frente. Eu disse pra ele: Tal pai, tal filho.

— Estava com muita saudade de você?

— Quem? O Saad? Deus o guarde. Me abraçou um instante e logo me soltou. Eu disse: Poxa, Saad, não vai abraçar e beijar tua mãe, depois dessa ausência? Sabe o que ele respondeu? Mas eu te vi lá. E riu.

— Como assim, ele viu você lá?

— Contou que tava na Palestina, que andou muito, andou uma semana ou mais com quatro companheiros. Disse que chegou muito perto da cidade, mas daí se esconderam na plantação, não entendi por quê. Falava e eu olhava nos olhos dele, flor dos meus olhos ele, todos eles, falava e eu dizia pra mim mesma: Ele tava lá, não entendo por que se esconderam na plantação... Ele disse que eles...

Ficaram com fome, e o céu começou a incendiar. Quando lhe servem o aço das metralhadoras, o que ele sente é cheiro de pão. Assim disse Saad.

Seriam rendidos se não tivessem ficado escondidos, quietos. Pensaram que o cerco acabaria em algumas horas, mas durou dias, e a fome acabou com eles. Por fim, tinham duas alternativas: ficar escondidos, aguentando firmes um sofrimento que aumentava sem saberem até quando, ou arriscar que um deles tentasse chegar até a aldeia mais próxima.

Era difícil escolher, disse Saad. Decidiram esperar até a noite para chegar a uma resolução.

Ao meio-dia, Saad disse aos companheiros: Olhem lá, é minha mãe; ela veio!

Os homens olharam para o alto do caminho, estreito e inclinado como as curvas de uma grande serpente, e ali viram uma mulher descendo a rua, com um vestido longo e preto de camponesa, que vinha na direção deles. Sobre a cabeça trazia uma trouxa e, na mão, um feixe de ramos verdes.

Parecia-lhes uma senhora da idade e do tamanho de Umm Saad, e era alta e firme. Por entre o silêncio que reinava, um silêncio de morte, tilintavam as pequenas pedras debaixo dos pés descalços da mulher, que eles ouviam como um sussurro.

Um deles falou:

— Sua mãe? Sua mãe tá no acampamento, seu maluco... a fome tá te dando cegueira!

Saad disse:

— Vocês não conhecem a minha mãe... ela sempre se junta a mim. E aquela ali é a minha mãe.

A mulher chegou até a frente do esconderijo. Podiam ouvir o farfalhar do manto longo e bordado com linhas vermelhas. Saad olhou para ela, dentre as amoreiras selvagens que tapavam o esconderijo, e de súbito a chamou:

— Mãe, mãe.

A mulher se deteve por um instante e passou seu olhar pelos campos ermos em volta. Os quatro permaneceram fitando-a calados, enquanto um deles agarrava o braço de Saad, pressionando-o, cheio de precaução. Um instante... e outro. A mulher, confusa, voltou a andar.

Dois passos, três, e Saad voltou a chamar:

— Mãe, responde!

Outra vez a mulher parou, olhando ao redor, confusa. E, como não viu nada, tirou a trouxa da cabeça e a depositou no chão, pondo por cima o feixe de ramos verdes. Apoiou as mãos na cintura e se pôs a procurar, os olhos fitos na mata fechada em volta.

Saad falou:

— Estou aqui, mãe!

A velha senhora localizou a origem da voz e se virou até ela por um momento, mas continuou sem ver nada. Finalmente se inclinou, pegando um galho, e dele arrancou as folhas para então dar dois passos na direção deles. Em seguida, parou e disse em voz alta:

— Por que não sai e se mostra pra mim?

Os homens olharam para Saad, que por um momento ficou indeciso. Em seguida, pendurou a metralhadora no ombro e avançou devagar em direção à mulher:

— É o Saad, mãezinha, eu tô com fome!

O galho caiu da mão da velha camponesa enquanto ela fitava o jovem que, saído da mata espinhosa, avançava em direção a ela, com a veste cáqui e a metralhadora no ombro. Os companheiros aprestaram suas armas enquanto Saad se aproximava da mulher.

Ela disse:

— A fome pro teu inimigo, meu filho... vem pra tua mãe.

Saad se aproximou um pouco mais. Seus passos eram tranquilos e a metralhadora balançava no ombro, despreocupada. Quando estava a um passo dela, ela abriu os braços e o envolveu:

— Meu amor... meu filho... Deus te proteja.

Saad falou:

— Mãezinha, queremos comida.

A mulher se inclinou e lhe deu a trouxa. Ao tomá-la, ele viu os olhos da mulher lacrimejarem e disse a ela:

— Pelo Profeta, mãezinha, não chore!

Disse a senhora:

— Os outros meninos tão contigo? Dá comida pra eles. No fim do dia eu passo aqui e deixo mais no caminho... Deus proteja vocês, meus filhos.

Saad voltou com os víveres sem que nenhum dos companheiros notasse algum sinal de espanto em seu rosto. Comeram, e um deles anunciou:

— Vamos mudar de esconderijo. Ela vai voltar com os militares.

Saad não falou nada. Depois de um tempo, disse:

— É minha mãe, vocês viram com os próprios olhos. Como que ela vai trazer os militares?

No fim do dia, a senhora voltou e deixou mais comida, e deixou mais ao raiar do dia seguinte. E em todas as vezes Saad se dirigia a ela, sem sair da mata:

— Abençoadas tuas mãos, mãezinha.

E eles a ouviam:

— Deus te proteja, meu filho.

Umm Saad disse:

— Aquela senhora ficou cinco dias levando comida pra eles... O Saad disse que ela não se atrasava nem uma só hora, até que o cerco terminou. Foi, deixou a comida e chamou: Os militares foram embora... Toda a sorte de Deus com vocês...

Umm Saad voltou a juntar as mãos no colo, como duas criaturas inseparáveis.

— O Saad diz que me viu lá e que, se eu não tivesse dado comida pra ele, ele ia morrer de fome, e que se eu não tivesse chamado ele pra cá, ele ia morrer da bala que rasgou o braço dele.

    Ela se levantou e então na sala se espalhou o cheiro do mato em que Saad se escondeu, alojado naquela armadura inacreditável.

— Ele vai voltar assim que a ferida cicatrizar, me disse pra não sentir muita saudade porque ele sempre me vê lá... O que você quer que eu diga pra ele? Eu disse: Vai com Deus e que Ele te proteja.

    Virou-se. Deu um passo... e mais outro. De repente, eu me ouvi chamando:

— Mãezinha.

    Ela parou.

QUEM FUGIU E QUEM COMPARECEU

Umm Saad espalmou as mãos diante de mim e eu vi, nas fendas de suas mãos consumidas pelo cansaço e pelo sofrimento do trabalho, marcas vermelhas de cortes ainda não cicatrizados. Perguntei:

— O que aconteceu, Umm Saad? Você lutou com um pé de amora selvagem?

Voltou a espalmar as mãos, aproximando-as de meu rosto: pareciam a crosta de uma terra castigada pela sede.

— Não, primo. Passei a primeira noite do ano catando pedaços afiados de metal...

— A primeira noite do ano?

Umm Saad estava dando o jantar ao filho pequeno quando escutou o barulho da primeira explosão. O acampamento de Alburj não fica muito longe do aeroporto e num primeiro momento ela pensou: Começaram cedo a comemorar o ano novo. Logo atinou com a escuta, e a sensibilidade lhe disse que o clima estava para algo mais perigoso.

Tinha sido um dia árido, de trabalho extenuante, desde a primeira luz da manhã. Ela torceu roupas e panos, limpou janelas e pisos, bateu tapetes (na casa dos outros, é claro, porque a casa dela no acampamento é um quarto dividido ao meio por uma parede de zinco). Estava cansada, dando o jantar ao filho pequeno para depois botá-lo na cama e ir dormir, quando escutou o barulho da primeira explosão.

Numa fração de segundo, ouviu a segunda explosão. Largou o pequeno e foi para fora. Escalou a duna de areia vermelha em direção à estrada e dali pôde ver labaredas de fogo fundindo nuvens de fumaça que adensavam o escuro.

Umm Saad ficou parada, ouvindo, confusa, sons e um zumbido misterioso. Não sabia ao certo o que fazer.

— Você estava sozinha ali?
— Sozinha? O que você acha, primo? Sozinha? A gente era como formiga. Mulheres, crianças, os moços do acampamento, todo mundo saiu como se tivesse combinado antes... E ficamos parados ali. A gente não sabia o que fazer. Incêndio no horizonte e depois o som de um motor de avião, arranhando muito de perto. Levantamos a cabeça.

Chegou o avião, pintado de preto, voando baixo e cuspindo balas na estrada. Umm Saad escutou um som de metal tinindo, enchendo a rua. Logo em seguida, ela avançou em direção ao asfalto, de onde pegou entre os dedos um pedaço de ferro com quatro pontas afiadas, e disse às amigas:

— Esses ferros vão estourar os pneus dos carros.

Revirou-os entre os dedos e continuou:

— Meninas, é pegar isso e jogar tudo na areia...

As mulheres avançaram, seguidas pelas crianças, até a estrada escura e começaram a reunir os pedaços de ferro com as mãos nuas e a atirá-los depois na areia. Espalharam-se rapidamente, como fantasmas, por todo o caminho, limpando-o dos ferros retorcidos. E, a cada vez que o avião retornava, corriam até a areia e voltavam em seguida, depois que o avião partia.

— O avião voava muito baixo, quase tocando nossa cabeça. Numa das vezes, tava tão perto que eu podia acertar ele com uma pedra, mas passou depressa depois que jogou outro punhado desses ferros malditos. Corremos e pegamos tudo.

— Então vocês limparam o caminho?

— No mesmo instante, e a gente agia como endiabradas. Mas os carros foram deixados de qualquer jeito na hora do ataque, ficou tudo no meio do caminho. A gente tentou empurrar pra direita, pra esquerda, mas não saíam do lugar. Depois ficamos com medo dos donos dizerem que a gente tava tentando roubar os carros.

— Imagine! Imagine, Umm Saad!

— Imagine? Você não sabe nada... O que é que eu poderia fazer se o dono de um desses carros apontasse o dedo pra mim? Eu com roupa de povo e o cabelo sem o lenço que o avião arrancou, e ainda a cara suja de areia e suor... imagine ele dizendo: Vi essa mulher roubando meu carro!

— Está enganada, Umm Saad, você estava lidando com uma coisa incrível...

— Sei, primo, mas não consigo confiar num homem que deixa o carro atravessado na rua, bloqueando o caminho, e foge... Não, numa hora como aquela... não consigo confiar!

O fogo acalmou e a fumaça continuou embaçando o horizonte. Umm Saad, parada na areia, olhava as mãos machucadas, enquanto as crianças voltavam para casa.

Por um momento, ela pensou em Saad e sentiu o filho no corpo como quando ele nasceu, sacudindo-a com sentimentos cuja natureza não conseguia entender, mas que a preencheram com uma espécie assombrosa de confiança e esperança no futuro.

Em algum lugar, ela pensou, Saad está parado debaixo de um teto de fumaça, as pernas como sempre firmes, como uma árvore, como uma rocha, recebendo com sua arma o valor daquela fumaça toda.

Umm Saad voltou e espalmou as mãos diante de mim. Os cortes se estendiam, cobrindo a rudeza das mãos, rios vermelhos e dessecados, dos quais exalava um cheiro único, o cheiro da resistência valente quando faz parte do corpo e do sangue da pessoa.

Eu lhe disse:

— Não se preocupe... são cortes leves...

— Estes? Claro, vão se apagar. A vida vai apagar. Vão ser preenchidos pela poeira do trabalho, e em cima vai se amontoar a ferrugem das panelas que areio, a sujeira dos pisos que esfrego, a cinza dos cinzeiros que limpo, o barro da água turva quando lavo o chão. Sim, primo, sim... esses cortes vão afundar embaixo dos canais do trabalho, vão secar com o ardido da sede, vão ser lavados o dia inteiro pelo suor quente que uso pra amassar o pão dos meus filhos... Sim, primo, os dias vis vão cobrir esses cortes com uma casca grossa, vai ser impossível, pra quem olha, saber, mas eu sei, eu é que sei, vão continuar me espetando embaixo da casca. Eu sei.

A CARTA QUE CHEGOU
TRINTA E DOIS ANOS DEPOIS

Umm Saad começou a se lembrar, naquele dia, de dias que pareciam distantes. Falou de um homem chamado Fadl. Será que foi morto em 1948, ou depois? Ela não se lembrava direito, mas isso não importava muito. O assunto todo, desde o início, tinha a ver com outro homem.

Ela chegou preocupada naquele dia e começou a ir e vir pela casa sem saber o que fazer ao certo. Pareceu-me perdida, não escutava o que eu dizia. Depois sumiu na sacada, ocupando-se de uma atividade que não lhe parecia, nem a mim, de modo algum necessária. Minha mulher observou:

— Alguma coisa está preocupando demais a Umm Saad.

Eu, que sei que Umm Saad é um baú fechado que guarda para si seus problemas e não os abre para ninguém mesmo que soem de dentro dele as vozes do cansaço, da preocupação e do medo do desconhecido, quase me mantive calado, não fosse ela me perguntar se eu conhecia um camponês de Ghabisiya chamado Fadl, ou se eu ouvira falar dele.

Quando lhe disse que não tinha ouvido nada sobre ele, ela comprimiu os lábios, atônita.

Em seguida, perguntou-me se eu conhecia um homem chamado Abdulmaula. Era de uma aldeia localizada a leste de Ghabisiya.

— O homem que trabalha com os israelenses e se tornou deputado no Parlamento?

— Esse mesmo.

— O que fez você se lembrar dele?

Ela me pareceu confusa e um tanto atormentada, perdida, sem querer muita conversa. Comecei a insistir com ela impelido pela curiosidade de saber o sentido daquele estranho ressurgimento de pessoas que por vinte anos permaneceram ausentes dela e de sua lembrança. Finalmente confessou, com voz sussurrada, que Abdulmaula matou Fadl.

Disse isso com uma brevidade surpreendente. Tornou o assunto mais obscuro e complicado. Passou a ir e vir como um pardal que passa frio e procura um abrigo.

— Alguma coisa ruim com o Saad?

— Longe disso. Ontem mesmo me mandou notícias. A verdade, primo, é que tô confusa...

— O que aconteceu, Umm Saad?

Tirou do peito um papel dobrado e amassado e o estendeu para mim.

— O Hassan leu pra mim e desde aquela hora ando preocupada.

Conheço a letra de Saad, era sim a letra dele, escrita com um lápis de ponta grossa. Falava de um amigo chamado Laith que fora preso; Saad soube que os pais de seu amigo poderiam enviar um pedido a Abdulmaula para que, graças a antigas relações entre as duas famílias, intercedesse pelo filho preso. Tentei seguir a leitura daquela carta estranha, mas a letra parecia descoordenada e apagada nas dobras do papel desgastado.

— E o que te preocupa, Umm Saad?

— O Saad disse que era pra eu ir até a mãe do Laith e dizer pra ela que "não".

— E você foi?

— Passei perto da casa deles no acampamento esta manhã. Fiquei indecisa na frente da porta. É uma coisa difícil, primo. Você, nessa situação, diz "não" pra essa gente, por mais que você diga "que vergonha vocês são".

— E o que o Saad tem a ver com essa história?

— Ele conhece o Laith desde que eram pequenos, e eu acho que o Laith pediu isso pro Saad. Não vou mentir pra você: o Laith disse pro Saad que, se alguma coisa acontecesse com ele e a família dele tentasse escrever pro primo Abdulmaula, só uma coisa o Saad tinha que fazer: atirar neles.

Sentou-se no banco como uma coisa que cai automaticamente e pôs as mãos uma em cima da outra, naquele movimento único que lembra dois pássaros se abraçando. Dava para ver entre elas a ponta branca da carta do Saad e, nela, a voz lamuriosa, vinda de longe, sem poder ser devolvida ou guardada. De repente, senti que ela me passara toda a sua preocupação, depositando-a em meus ombros. Umm Saad disse:

— Conheço o Saad. Ele vai fazer.

— Você tem certeza de que a família do Laith escreveu pro Abdulmaula?

— Não, certeza eu não tenho, mas tenho que falar, isso que é o difícil... O que você acha? Se eu tenho certeza de uma coisa não hesito em nada, mas ir até a Umm Laith e dizer pra ela: Bom dia, Umm Laith, Deus é Vitorioso e Sabedor, o Saad manda dizer pra vocês... "não". Isso é uma coisa que uma pessoa não consegue fazer fácil. Desde ontem à noite eu me sinto como alguém que carrega um fardo de espinhos nas costas... Pra falar a verdade, desde que ouvi o nome Abdulmaula na voz do Hassan, tremi como se os demônios tivessem me dominado... Esse homem, só Deus sabe, desconfio dele faz tempo, desde a época da Palestina.

Perguntei, impelido ainda pela curiosidade:

— Você disse que o Abdulmaula matou o Fadl?

— Não é bem assim: que carregou uma arma e mandou bala.

— Como então?

— O Abdulmaula era um homem poderoso. O homem tinha muitos bens. Empregava camponeses. Era dono de plantações de azeitona e tabaco que vendia pra empresa Qaraman... Você não se lembra daqueles dias e, claro, não conheceu o Fadl. Era um camponês, como a gente, sem terra e sem água pra regar, e na Revolta de 36 o Fadl subiu a montanha. Subiu descalço, carregando seu fuzil, e sumiu um bom tempo.

Umm Saad era jovem naquele tempo, estava na flor da idade. Escutava os assuntos sem compreendê-los muito bem. Falava da greve dos seis meses e dos camponeses que carregaram armas e subiram a montanha.

— Depois veio a carta dos reis árabes e os homens desceram até suas casas. Eu não me lembro das coisas direito e se você agora me pergunta como... não sei, mas de uma coisa eu me lembro bem, disseram que a aldeia Fulaniya ia comemorar. Ai deles! Comemorar o quê? Em todo caso, naquele dia disseram pra gente ir lá, e era barato pra ir, então fomos conferir.

O Fadl voltou, ele e outros, para a aldeia. Desceu descalço das colinas, do mesmo jeito que subiu e viveu lá. Ao que parece, o caminho era longo. Alcançou a praça com o último que chegou das aldeias vizinhas. Tinha os pés muito feridos e as roupas rasgadas, além de estar esgotado, quase sem respirar. Só encontrou lugar na soleira de uma casa que ficava no fim da praça, de tão apinhada de gente. Sentou-se ali para recobrar o fôlego e avaliar a situação dos pés, arranhados e cobertos de terra, espinho e sangue.

— Eu tava parada com as mulheres, não longe dele. No início, não tinha me dado conta da presença dele, não fosse uma mulher dizendo pra outra que era o Fadl, que trabalhava nas prensas de azeitonas e que ele foi dos primeiros a subir a montanha. Depois as pessoas começaram a bater palmas. Olhamos pra frente e vimos o

Abdulmaula subir na mesa e começar a falar. Mais palmas. Não me lembro agora sobre o que ele falou nesse dia, mas sem dúvida ele falou da revolta e da vitória, dos ingleses e dos judeus. Não sei por que naquele momento olhei pro Fadl e vi que ele estendia o braço mostrando e dizendo alguma coisa pras pessoas. Primeiro pensei que ele tava pedindo um copo d'água ou comida. Fui até ele pra ajudar, mas quando cheguei perto vi que tava falando meio que pra ele mesmo, nunca vou me esquecer daquilo. A verdade, primo, é que isso é tudo o que eu sei do Fadl.

— E o que ele dizia?

— Escutei ele dizer: Ei, sou eu quem tem os pés rasgados, e vocês batem palmas pra esse daí? Não sei por que essa frase não me saiu da cabeça todo esse tempo. Você sabe, não me lembrava todos os dias, mas ela tava aí, e quando chegou a carta do Saad vieram os dois juntos, o Abdulmaula e o Fadl...

Ela se voltou e expôs, diante de meus olhos, o papel branco que as dobras desgastaram, e vi nele, em seu tamanho pequeno e na brevidade de suas linhas, uma história longa quase inacreditável. Umm Saad disse:

— E agora o Abdulmaula outra vez, depois de vinte anos, você imagina, primo? Como isso pode acontecer? Não tô falando do Laith, mas do Fadl... Você entende o que eu quero dizer? O Fadl morreu depois disso. Uns dizem que morreu de tuberculose nas prensas de azeitonas, e outros dizem que escorregou e caiu no rio. Uns dizem que foi morto na guerra de 48, e outros dizem que saiu da Palestina em 49 mas que voltou depois e foi morto no caminho. Mas esse não é o ponto. Imagino o Fadl sempre sentado naquela soleira, o sangue dele saindo dos pés misturado com terra e poeira. Não imagino o Fadl morto. Na mesma hora escuto o som das palmas, dos parabéns e os vivas de comemoração... O Abdulmaula, como eu disse, virou importante por lá. Traidor e por isso importante pra eles. No Parlamento, como eu disse. Ah, injustiça!

Umm Saad se levantou. Começou a ir e vir de novo como se estivesse atada àquele papel escrito por Saad num lugar desconhecido (talvez o tenha apoiado no tronco de uma árvore, ou no braço da arma e por isso a letra parecia enrugada, grossa, entrecortada). Então eu lhe disse:

— E o que você vai fazer agora, Umm Saad?

Ela balançava a cabeça, indecisa, e então retomou a primeira ideia:

— E se eu for até a Umm Laith e fizer a mulher lembrar a história do Fadl e do Abdulmaula, será que isso adianta alguma coisa?

— Talvez, mas por que você fala como se estivesse certa de que a família do Laith está mesmo pensando em escrever pro Abdulmaula?

— Não, não tô certa de nada, mas é certo que vou fazer alguma coisa... Ai, primo! Se naquele dia o Fadl tivesse se levantado e atirado naquele Abdulmaula, será que esse problema teria acabado?

Fiquei em silêncio. Quase disse a ela que, se isso tivesse acontecido, muitas coisas não teriam ocorrido, nem ela teria passado vinte anos no acampamento de refugiados, mas voltei a dizer:

— Se ele tivesse feito isso, as pessoas o teriam matado.

— Verdade, naquele dia, as pessoas teriam matado o Fadl... Era melhor pra ele ter ficado na montanha e não ter visto aquela festa.

— Se tivesse ficado na montanha, Umm Saad, o Abdulmaula não poderia organizar a festa.

— Verdade, se todos tivessem ficado, mas o que aconteceu? Pobre Fadl, montaram nas costas dele. Na prensa de azeitonas, na montanha e de novo na prensa. Se tivesse ido pro acampamento, teriam montado nas costas dele ali também.

— É por essa razão que o Saad quer impedir isso. Você sabe... ele não quer que façam do Laith um segundo Fadl...

Ela se virou e olhou diretamente para mim: aquela lança que a profecia atira, em breves instantes, com a rapidez da bala e a pontaria certeira da verdade. Estendeu, na minha direção, com braços lentos, mas firmes, aquele papel desgastado e branco que parecia a asa de um pássaro fugido, vindo de um lugar infestado pelo cheiro da morte e da determinação. Suas palavras vieram comprimidas feito uma bomba:

— Ninguém disse isso pro pobre Fadl... Então por que você não diz isso agora, você, que estudou nos livros e nas escolas, por que não diz isso pra família do Laith?

O VIGIA E SÓ DOIS CONTOS

Umm Saad amarrou a pequena trouxa e a enfiou embaixo do braço, depois saiu pela porta, de volta para o acampamento. Não demorou muito, regressou e me pegou pelo braço, levando-me até a sacada, de onde me apontou um homem de estatura baixa, parado perto de uma bicicleta, no beco que faz uma curva e desce até a estrada.

— Tá vendo aquele infeliz?

— Aquele encostado no muro perto da bicicleta?

— Esse mesmo. Vai lá por favor e diz pra ele se mandar e me poupar das maldades dele...

— Mas por quê, Umm Saad?

— Tô te falando: se você não fizer isso, eu mesma desço e dou nele.

Desci com Umm Saad, levando-a pelo outro lado do beco, evitando assim passar no lugar em que estava o baixinho misterioso. No caminho, Umm Saad me disse que o homem parado à sua espera queria levá-la de volta a um dos grandes edifícios que ficam no centro da cidade, onde ela havia trabalhado por um mês e três dias, limpando a escada e o saguão do prédio, em troca de cinco contos por dia.

— Quem é esse homem?

— É o vigia do prédio, foi enviado pelo dono. Faz uma semana que me persegue, e eu, primo, não quero trabalhar lá, nem quero ver a cara dele, cara do diabo, o dono daquele prédio.

— Mas lhe pagou seu ganha-pão, Umm Saad.

— É o que eu achava. Sabe, um dia esse vigia chegou e me disse que arrumou um trabalho pra mim no prédio onde ele trabalhava, era lavar a entrada e a escada desde cima, do sétimo andar, ou oitavo, não sei, até a rua. Disse: Você vai ganhar cinco contos por faxina. Subir a pé era difícil, mas ele prometeu que eu ia de elevador, sem o dono ver. Isso facilitaria o trabalho. Três vezes na semana, eu pensei, tá bom, Deus ajuda... mas depois de um mês e três dias...

Umm Saad chegou ao terceiro andar, descendo as escadas ofegante atrás da água e da espuma de sabão, o frio do inverno a castigar seus pés descalços. Com a carne das mãos manchadas pelo vermelho dos rastros dos sapatos de quem sobe e desce as escadas, ela esfregava o piso de mármore no meio da noite enquanto todos dormiam profundamente no calor de seus quartos amplos atrás das portas fechadas. De repente, sentiu a presença de uma mulher parada atrás dela, com os braços cruzados sobre o peito, que a olhava com atenção, como se estivesse esperando por Umm Saad havia muito tempo. Quando os olhos das duas se encontraram, a mulher lhe disse:

— Deus te ajude.

— Deus te ajude também, minha irmã.

Umm Saad ergueu o corpo alto, forçando as costas um pouco para trás por causa de uma dor que sentia consumir seus ossos. A mulher ali parada parecia ser do interior. Era estranha, tal como sua misteriosa espera.

— Tá tudo bem?

— Vim te dizer uma coisa. Era eu que limpava essa escada três vezes na semana. Um mês e três dias atrás, veio o patrão e me disse tchau... Quanto estão te pagando?

— Cinco contos, minha irmã.

— Me pagavam sete. Sou uma mulher com quatro filhos, mas disseram que sete contos era muito...

— E me fizeram tirar seu ganha-pão? Deus tire o deles!

A mulher deu dois passos, aproximando-se de Umm Saad:

— Que culpa você tem? Você é como eu, tem filhos. Pensei: Perdi meu ganha-pão, vou lá ver essa mulher. Vai que o lugar onde você trabalhava antes ainda tem a vaga e você me indica...

Umm Saad disse:

— E de onde você é, minha irmã, que mal pergunte?

— Sou do Sul.

— Palestina?

— Não, libanesa do Sul.

Umm Saad secou as mãos na roupa e começou a baixar as mangas arregaçadas. Olhou ao redor e disse:

— Minha irmã, por Deus que eu não sabia, não me disseram... pega, lava o resto da escada, e que se danem este prédio e seu dono. Trabalhei aqui um mês e três dias e ainda não recebi o pagamento das duas últimas semanas. Amanhã de manhã diz pro patrão: Umm Saad passou pra mim o pagamento dela.

A mulher caiu no choro. A escada estava molhada. O som sussurrado da água, descendo de degrau em degrau, subia até o ouvido delas como se fosse o rugido misterioso de um rio profundo. Sem se virar, Umm Saad começou a descer a escada e por um bom tempo continuou a ouvir os soluços da mulher parada no patamar da escada do terceiro andar. Ao chegar à entrada do prédio, parou e aguçou o ouvido por um breve tempo até que voltou a escutar o som da água se precipitando. Só então respirou fundo. Quando se deu conta, ela mesma estava chorando enquanto saía para a rua.

— O que aquele homem quer de você?
— Quer que eu volte. Ele me disse da última vez que o trabalho daquela mulher não era bom e que o meu era melhor. Mentirosos, sei que eles querem economizar dois contos.

Estávamos perto da estrada. Umm Saad parou e começou a gesticular com os braços em direção à cidade distante dali, barulhenta, congestionada, aglomerada.

— Sempre que me lembro dessa história, estremeço toda e quase choro... me dá uma tremedeira no corpo quando vejo aquele vigia me seguindo de um canto pro outro. Querem que a gente dispute entre nós, a gente que é miserável, pra eles ganharem dois contos... Aquele edifício grande vale mais de cem mil contos, muito mais, e eles estão preocupados em pagar só uma de nós, que vai tirar o ganha-pão da outra. Olha o que esse vigia faz! Esse nojento! Faz o que eles querem, passa o dia inteiro pedalando a bicicleta pra economizar pra eles dois contos! Miseráveis...

Chegamos, então, à estrada e ficamos parados esperando o veículo que a levaria até o acampamento. Nisso, ocorreu-lhe uma ideia:

— E se eu, o vigia e a mulher disséssemos juntos pro patrão...

Mas se calou e voltou o olhar em direção à cidade aglomerada na poeira da noite triste.

UMM SAAD GANHA UM VÉU NOVO

Umm Saad contou que o efêndi se irritou quando ela lhe disse naquela manhã:

— Se quer o Saad, por que não vai atrás dele nas grotas?

Era hábito do efêndi passar na casa de Umm Saad todos os dias bem cedo, perguntando por Saad:

— Voltou? Ouvimos que ele chegou. Escreva dizendo que é pra ele voltar.

Toda vez, Umm Saad olhava para o efêndi sem dizer nada.

Naquela manhã, ele chegou determinado a alguma coisa. Parou por um breve momento e indagou:

— Esse é o Saad?

Apontava para uma foto afixada na parede com um alfinete. Naquela imagem, Saad era um rosto aberto em sorriso sob uma cabeleira farta, crespa e desgrenhada. Umm Saad pressentiu algum perigo iminente e, movida por um violento e estranho sentimento, saltou até a parede e arrancou a foto, escondendo-a junto ao peito embaixo da roupa, ao que o efêndi reagiu de imediato, dando um passo à frente. Um só, pois Umm Saad o fez parar com uma frase:

— Tenta pegar se é homem.

O efêndi se deteve, indeciso, olhando ao redor, e Umm Saad retomou:

— Se quer o Saad, por que não vai atrás dele nas grotas?

Sorrindo, o efêndi apontou para o peito dela:

— E esse colar é o quê, Umm Saad?

O adereço que Saad deixou para ela tinha saltado de trás da roupa enquanto ela guardava a fotografia junto ao peito. Agora, balançava por cima do vestido colorido. Era uma coisa que Saad havia deixado com ela da última vez que a visitou, uma corrente de metal que transpassava uma bala de metralhadora, furada perto da base de cobre já sem a pólvora. O efêndi voltou a falar:

— Mudou de enfeite esses dias...

Umm Saad fitou-o, examinando-o com os olhos, enquanto segurava com a mão a bala pendurada na corrente. Disse apenas:

— Isto? Não é um colar.

— É o quê, então?

— É um véu...

— Um véu?

— Um véu!

— Um véu que o Saad trouxe?

— Sim, que o Saad trouxe...

O efêndi deu uma volta lenta pelo recinto de zinco, olhando as coisas. Deteve-se nos lençóis amontoados dentro do tanque, nos pratos de alumínio sem lavar, no teto de zinco que começava a arder com a temperatura do verão, na lama à porta.

— E como você disse que o Saad não veio?

— Ele veio e depois foi...

— Eu não lhe disse pra nos avisar quando ele viesse?

— Tive medo.

— Medo por ele?

— Medo por você.

Seus dedos agarravam, ainda, a bala pendurada na corrente sobre o peito e, por baixo da roupa, sentiu o calor que emanava da fotografia de Saad. O efêndi agora estava ao lado da porta, mas parou diante da pequena janela escavada na parede e, da borda superior de madeira, pegou, numa das mãos, um pequeno pacote de pano estampado com triângulos coloridos e amarrado com um barbante grosso, e começou a balançá-lo:

— É este o seu véu antigo?

— É como se fosse.

— E por que...

Mas não completou a pergunta. Leu a resposta, ao que parece, clara nos olhos de Umm Saad e em seus dedos, que continuavam revirando a bala unida a seu peito por uma corrente metálica. Ele olhou atentamente para ela e saiu.

Eu lhe perguntei:

— Mas, Umm Saad, quando foi que o Saad te mandou aquela bala?

— Não mandou. Deixou em casa quando visitou a gente da última vez. Todo dia eu deitava, olhando pra ela, até que decidi pôr no meu peito. Um dia o filho do vizinho veio, furou a bala, tirou a pólvora de dentro e passou a corrente por ela.

— E o véu antigo?

— Foi um velho xeique que fez pra mim na época da Palestina. Um dia, pensei: Esse homem é um charlatão, sem dúvida! Véu? Usei desde os dez anos. Nos cobria e a gente era miserável. Nos cobria e a gente se matava de trabalhar. Aí, foi cada um pra um lado. Vivemos aqui faz vinte anos. Véu? Tem gente que se aproveita dos outros na cara dura. Um dia, de manhã, pensei comigo mesma: Se com véu é assim, imagina sem. Pode ter coisa pior ainda? Aí pensei: Olha o Saad. Você sabe... mas por que você quer que eu te conte tudo?

— É que você arrumou um problema pro Saad. Agora, se ele não voltar, vão persegui-lo.

(Havia algo em seu olhar que parecia escárnio, enquanto me fitava pronta para uma resposta que eu entendi antes mesmo de ela a pronunciar.)

OS FUZIS NO ACAMPAMENTO

De repente, tudo mudou: Abu Saad deixou de ir ao café e as conversas dele com Umm Saad se tornaram mais doces, tanto é que, naquela manhã, ele lhe perguntou se ela ainda se cansava no trabalho. Quando o fitou, querendo saber o porquê da pergunta, ele sorriu demoradamente. Antes, chegava sempre esgotado, pedindo secamente pela comida, e quase dormia enquanto mastigava a última garfada.

Nos dias em que não trabalhava, crescia em secura. Ia até o café para tomar chá e jogar gamão, mas reclamava com todos e, ao voltar para casa, ficava insuportável. Dormia passando sob a cabeça as mãos grandes e ásperas, cheias de cimento e terra. De manhã, brigava com a própria sombra e deitava olhares coléricos, inexplicáveis, em Umm Saad enquanto ela arrumava as poucas coisas que levaria consigo ao trabalho. Certo dia, Umm Saad sentiu no hálito do marido um cheiro de vinho.

Mas agora tudo mudou de repente. Se ele ouvia os passos de alguém cruzando diante da janela do quarto de teto baixo, naquela passagem barrenta e estreita que só dá para uma pessoa, botava a cabeça para fora e começava uma conversa com o homem que estivesse passando. Fazia as mais diversas perguntas sobre as

Kalashnikov, que preferia chamar simplesmente de Kalashni, palavra empregada por Saad quando os visitava.

Naquela tarde, foi até o lugar onde um alto-falante anunciava um acontecimento inusitado. Subiu num muro e de lá acompanhou com o olhar atordoado meninas e meninos e velhos do acampamento saltando por cima do fogo, arrastando-se debaixo de cordas, balançando armas em punho. Viu seu pequeno filho Said demonstrando na frente da multidão o que um combatente deve fazer para não se deixar ferir quando atacado por uma baioneta.

Assim que Said chegou à pista de exibição, as pessoas começaram a bater palmas. Umm Saad veio e parou ao lado do marido, em cima de uma laje baixa, procurando com seu olhar alcançar a praça. Quando identificou Said, lançou da garganta um alto e demorado trino de alegria, prontamente respondido por outros tantos que brotavam de todas as direções. Abu Saad lhe disse:

— Olha lá... tá vendo? É o Said... tá vendo? Olha bem... — como se ela não o tivesse visto! Como se ela não estivesse com ele no centro daquela pista, aparando as gotas de suor que escorriam da testa pequenina e morena!

Said avançava, passo a passo, em direção a seu oponente enquanto apertava os punhos pequeninos, inclinando-se um pouco. Nesse momento, Abu Saad pôs a mão sobre o ombro da mulher, pressionando-o com um carinho inesperado. As lágrimas escorriam dos olhos de Umm Saad, inteiramente focada no filho Said.

Aplausos ressoaram como trovões na praça do acampamento quando Said se esquivou do golpe da baioneta e, num piscar de olhos, arrancou o fuzil das mãos de seu rival pequenino, dando um giro e levantando alto, com seu braço curto, a arma encimada por uma bandeira cujas bordas tremulantes vibravam um som de selas que se chocam.

Abu Saad bateu muitas palmas. Parou empertigado olhando ao redor, pleno de orgulho. Logo, seus olhos encontraram os de Umm Saad. Inclinou-se até ela, dizendo:

— Você viu? É o Said!

Apontou para a criança, aproximando sua cabeça da de Umm Saad para que ela visse bem o lugar para onde ele apontava. E pôs ênfase nas palavras:

— Tá ali, aquele que tá levantando o fuzil. Tá vendo bem?

Para não rir, Umm Saad voltou a soltar seu trino de alegria em meio às palmas que continuavam, enquanto o menino balançava o fuzil diante dos homens que se amontoavam. Sua testa brilhava com a luz do sol da tarde e, de súbito, um homem idoso, sentado na beirada do muro, virou-se até Abu Saad e disse:

— Se fosse assim desde o início, nada teria acontecido com a gente.

Abu Saad concordou, surpreso com as lágrimas que viu nos olhos do velho.

— Quem dera fosse assim desde o início.

Virou-se, segurou o ombro do velho e apontou com o braço estendido o meio da praça, dizendo-lhe:

— O senhor tá vendo o menino que tá levantando o fuzil? É meu filho Said, tá vendo?

Sem olhar direito, o velho concordou e disse:

— Deus o guarde, menino valente.

Abu Saad ergueu de leve a cabeça e disse ao velho:

— O Saad, o irmão mais velho, tá com os *fedayin* nas grotas.

Então o velho disse:

— Deus, que maravilha!

Abu Saad puxou a mulher para perto e, apontando para ela, disse ao homem idoso que continuava olhando em direção à praça:

— Esta mulher gera os filhos e eles viram *fedayin*. Ela dá à luz e a Palestina leva.

Nesse momento, o velho olhou para Umm Saad. Ela ria sem tirar os olhos do Said, que devolveu o fuzil a seu amigo e correu para alcançar as crianças enfileiradas, vestidas de cáqui, no fim da praça.

Abu Saad mudou desde aquela tarde. Assim falou Umm Saad:

— Claro. A situação mudou... O homem me disse que agora a vida tem gosto pra ele, só agora.

E disse ainda:

— Você tem que ver a rapaziada no acampamento! Cada um carrega um fuzil ou uma metralhadora, e o cáqui tá em todas as casas. Você viu as coisas que o Saad fez?

— O que o Saad tem a ver com isso?

— Tudo! Você acha que aquilo aconteceu por acaso? Ah, se você soubesse, primo! Fuzil é como sarampo... infesta. Antigamente, na roça, diziam pra gente que a vida de um menino começa depois de ele pegar sarampo, que aí fica garantido. Desde aquele dia que vi o Saad com uma metralhadora, eu disse pro efêndi, que passou lá em casa naquela manhã: Quem pegou, pegou! Na quarta-feira, o efêndi foi o primeiro a andar armado fora do acampamento, e aí o acampamento pegou fogo, como um palito de fósforo jogado num monte de palha. Você precisava ver que beleza a rapaziada!

— E o Abu Saad?

Umm Saad bateu uma mão na outra, e nisso quase escuto a batida de dois tocos de madeira.

— A pobreza, primo, a pobreza... a pobreza faz do anjo diabo e faz do diabo anjo. O Abu Saad não podia fazer outra coisa a não ser desabafar descontando nas pessoas, em mim e nele mesmo. O Abu Saad tava pisado, pisado pela pobreza, pisado pelas obrigações, pisado pelo cartão de subsistência, pisado embaixo do teto de zinco, pisado embaixo da bota do Estado... O que é que ele podia fazer? A partida do Saad devolveu um pouco da alma dele e naquele dia ele melhorou um pouco. E quando viu o Said ficou ainda melhor, muito melhor. Viu o acampamento de outro jeito, levantou a cabeça, começou a enxergar. Começou a me ver e a ver os filhos dele de um jeito diferente, entendeu? Se você visse o Abu Saad agora... anda como um galo, não escapa um fuzil sequer no ombro de um moço que passa ao lado dele... ele apalpa, como se achasse uma antiga espingarda que tava perdida.

Ela se deteve por um tempo, pensando no que acabara de dizer, como alguém que se lembra de algo, e de súbito disse:

— Hoje de manhã, ele acordou muito cedo. Quando fui atrás dele na rua, ele tava encostado na parede, fumando seu cigarrinho. E, antes de me dar bom-dia, me disse: Por Deus, Umm Saad, vivemos e vimos alguma coisa!

Espalhou-se na sala o cheiro do nobre campo quando Umm Saad pegou sua pequena trouxa e se encaminhou até a porta. Por um momento, pensei que ela já tivesse partido, mas sua voz atravessou a porta escancarada:

— O galho brotou, primo, brotou!

Andei até onde ela estava, acocorada em cima da terra na qual fincara, um tempo atrás — que naquele instante me pareceu de uma distância abismal —, o galho de madeira amarronzada e seca que ela me trouxera certa manhã. Umm Saad olhava para a ponta verde que irrompia a terra com uma força que tinha voz.

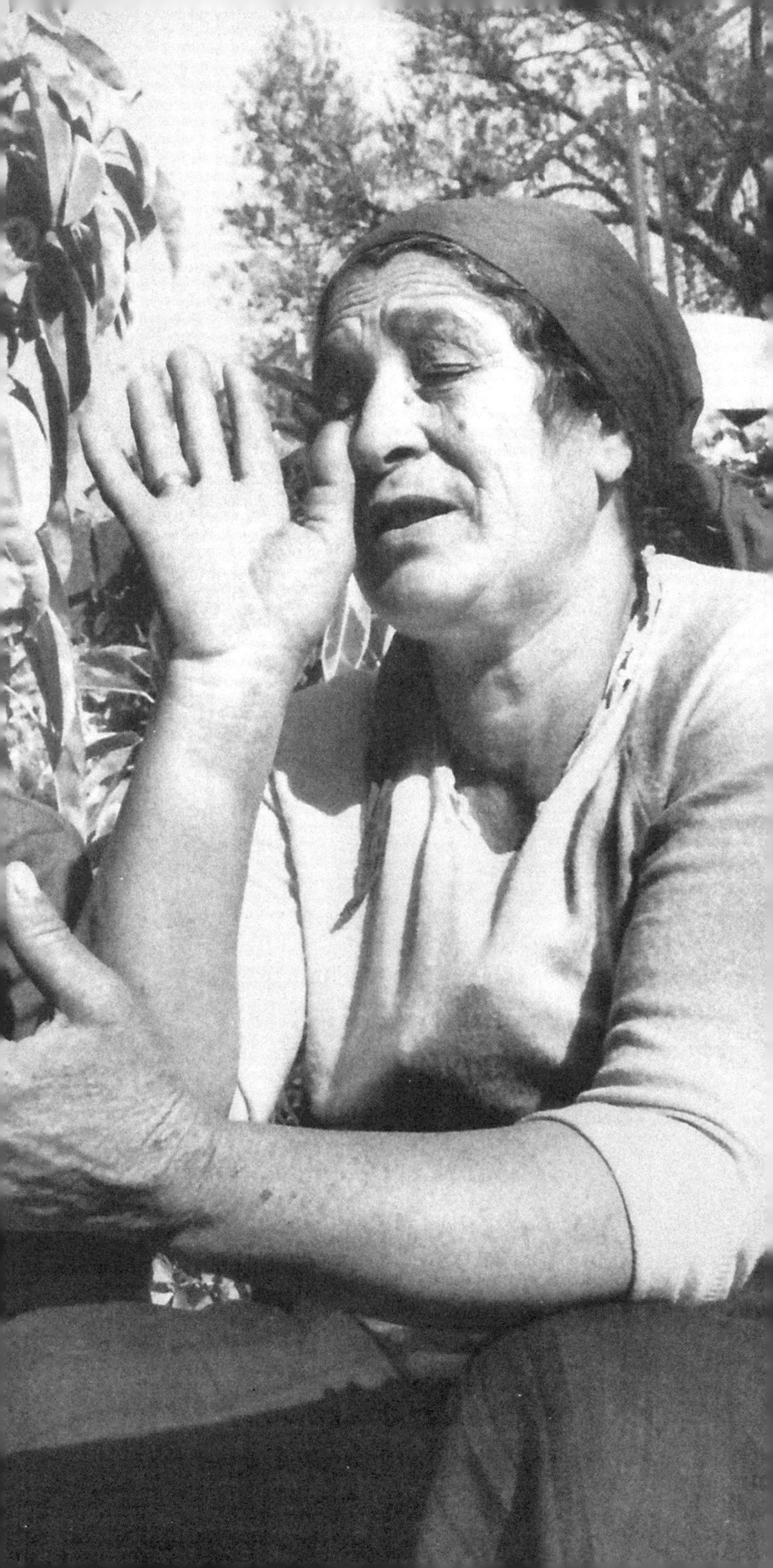

Dados Internacionais de Catalogação na Publicação (CIP)

K16u

Kanafani, Ghassan, 1936-1972
    Umm Saad / Ghassan Kanafani ; tradutor: Michel Sleiman. – Rio de Janeiro : Tabla, 2023.
    80 p.; 21 cm.

    Tradução de: Umm Saad.
    Tradução do original em árabe.

    ISBN 978-65-86824-49-0

    1. Ficção árabe. 2. Palestina. I. Sleiman, Michel. II. Título.

CDD 892.736

Roberta Maria de O. V. da Costa – Bibliotecária CRB-7 5587

Título original em árabe
أم سعد / Umm Saad

© Anni Kanafani

Nenhuma parte deste livro pode ser reproduzida, armazenada em algum sistema de recuperação, ou transmitida em qualquer forma ou por quaisquer meios sem a permissão prévia por escrito do proprietário dos direitos autorais.

A 1ª edição do original em árabe foi publicada em 1969.

EDITORA
Laura Di Pietro

PREPARAÇÃO
Silvia Massimini Felix

REVISÃO
Isabel Jorge Cury
Gabrielly Alice da Silva

PROJETO GRÁFICO E COMPOSIÇÃO
Cristina Gu

FOTO DA CAPA
© Breno Rotatori

FOTOS INTERNAS
Abertura: Ghassan Kanafani por Kalle Hoever, 1970
Página 77: Umm Saad, 1972

Nossos agradecimentos a Anni e Leila Kanafani pela seleção e envio das imagens.

[2023]
Todos os direitos desta edição reservados à
EDITORA ROÇA NOVA LTDA.
+55 21 99786 0747
editora@editoratabla.com.br
www.editoratabla.com.br

Este livro foi composto em Protipo Compact e Bennet Text, e impresso em papel Pólen Bold 90 g/m² pela gráfica Santa Marta em setembro de 2024.